Dieses bezaubernde Buch ist Teil einer mehrbändigen Reihe, die Erwachsenen helfen soll, die Welt zu verstehen.

Die große, gut lesbare Schrift, sorgfältige Wortwahl, häufige Wiederholungen und die durchdachte Kombination von Text und Bild sollen Lesern den Eindruck vermitteln, sie hätten schon viel gelernt. Auch das ausgewählte Thema ist altersgerecht.

J.A. Hazeley
J.P. Morris

DIE EHEFRAU

Ein Handbuch

*Aus dem Englischen
von Edith Beleites*

Das ist eine Ehefrau.

Sieht sie nicht glücklich aus?

Sie trinkt gerade ihr zweites Glas Wein.

Ehefrauen lieben es, recht zu behalten.

Seit mehr als einer halben Stunde wartet Sarah auf ihren Mann.

Hab ich's doch gewusst, denkt sie triumphierend.

Die Ehefrau erfindet gern – Spielzeug, Rezepte, Outfits.

Vom vielen Erfinden ermattet, braucht sie abends Wein.

Wenn es zum Ende der Woche ein bisschen mehr Wein geworden ist und der Ehemann viel Leergut wegbringen muss, erfindet sie eine große Party, die in seiner Abwesenheit stattgefunden hat.

Tina heiratet heute. Es ist der schönste Tag ihres Lebens.

Nächstes Jahr wird die Geburt ihrer Tochter der schönste Tag ihres Lebens gewesen sein. Aber nur, weil sie mit Schmerzmitteln vollgepumpt war.

Beides stimmt nicht. Der schönste Tag ihres Lebens war ihr achter Geburtstag, als sie ein gelbes Fahrrad bekam.

Uschi backt gern, weil die Kinder dann beschäftigt sind.

Die Kinder mögen keinen Früchtekuchen, ihr Ehemann auch nicht.

Trotzdem wird er immer alle.

Ehefrau und Ehemann mögen elektrische Geräte.

Jan hat Lilly einen Staubsauger, ein Bügeleisen, eine Nähmaschine, einen Fön und einen Mixer gekauft.

Sich selbst hat Jan einen Plattenspieler gekauft, damit er nicht im Weg ist, wenn Lilly sich mit ihren neuen Geräten beschäftigt.

Die Ehefrau plant gern voraus und misst ihr Leben in Mahlzeiten.

Beim Frühstück ist sie nur noch drei Mahlzeiten vom ersten Glas Wein entfernt.

Sandra liest auf dem Weg zur Arbeit gern Zeitschriften, die erklären, warum andere Ehefrauen so frustriert sind.

Bevor sie ins Büro kommt, wirft sie die Zeitschriften weg.

Sie will nicht, dass man sie für eine dieser Ehefrauen hält, die über andere Ehefrauen die Nase rümpfen.

Lauras Schwester heiratet dieses Wochenende, weit weg an einem exklusiven Ort, und alle sind eingeladen.

Lauras Familie kann sich dieses Jahr keinen Urlaub leisten.

Diese aufgeblasene Pute, denkt Laura.

Wenn eine Ehefrau traurig ist, isst sie Schokolade.

Das macht sie glücklich.

Doch dann denkt sie an ihre Figur und wird wieder traurig.

Aber sie hat ja Schokolade.

Heute passt Paula auf ihre Nichten und Neffen auf. Sie ist Kinder und ihre vielen Fragen nicht gewohnt.

Sie muss eine Flasche Wein öffnen, um auf andere Gedanken zu kommen. *Nur noch acht Stunden*, denkt sie.

Wissenschaftliche Studien zeigen, dass Ehefrauen jedes Jahr mehr für Kosmetik und Hygieneprodukte ausgeben, um ihr Spiegelbild zu ertragen.

Forscher wie Christoph haben entdeckt, dass der durchschnittliche Ehemann das nicht nötig hat, weil er auf seine natürliche Attraktivität vertrauen kann.

Anja ist egal, wo die Familie in diesem Jahr Urlaub macht. Solange Wilfried kapiert, was sie ihm seit Oktober andeuten will. Es ist ganz offensichtlich, dass sie Kerala meint!

Wilfried muss erraten, was sie will, und ist sich ziemlich sicher, dass es etwas mit Reis zu tun hat.

Er hat im Atlas nachgesehen, aber keine Reisküste gefunden.

OBSERVER

Maike findet, dass es Zeit ist, mit Mike wichtige Dinge zu besprechen.

Mike findet, dass Zeit relativ ist.

Rosie ist Mitglied in einem Fitnessclub.

Dort hat sie Aerobic, Spinning und Powerballett ausprobiert.

Die Mitgliedschaft kostet 600 € im Jahr. Jede Stunde hat Rosie also 200 € gekostet.

Hanna isst viel Salat, weil der nicht fett macht.

Aus demselben Grund trinkt sie Wein statt Sahne oder Bratensoße.

Ein halbes Jahr nach der Geburt ihres ersten Kindes geht Katja wieder arbeiten.

Leider muss sie wie die Hälfte aller jungen Eltern lernen, dass sie nun weniger wert ist.

Glücklicherweise gibt es einfache Jobs für Frauen wie Katja.

Manchmal braucht die Ehefrau eine Auszeit.

Heute hat sich Gisela für ihre besten Freundinnen Zeit genommen – fernab von Haus, Ehemann und Kindern.

Beim Shoppen reden sie über ihre Häuser, Ehemänner und Kinder.

ANNUAL SALE
Genuine Reductions
Coats from £6
Curtain materia
15/- per yar
7/11
Hats
were £3 £5
all at 30/-

Die Ehefrau liebt Überraschungen.

Am meisten liebt sie eine Überraschungsparty an ihrem Geburtstag.

Der Ehemann muss diese Party organisieren und die Ehefrau im Vorfeld über alle Einzelheiten auf dem Laufenden halten.

Ehefrauen lieben Gespräche.

Ina hat ihrem Fred gestern Nacht eine Riesenszene gemacht, weil er nicht gern redet.

Jetzt hat er ein schlechtes Gewissen und repariert das Dach.

Nach zehn Jahren Ehe hat Karin ihrem Dieter ein Rollenspiel vorgeschlagen, um ihr Liebesleben wieder in Schwung zu bringen.

Dieter spielt den mutigen Feuerwehrmann, Karin die Frau, die das Haus in Brand gesteckt hat.

Für ihr Eheglück tut eine Frau alles.

Frauke und Amanda tragen das gleiche Outfit.

Fünf Monate lang haben sie besprochen, was sie anziehen sollen, aber im letzten Moment hat Frauke es sich anders überlegt.

Amanda beschließt, ihre Hochzeit trotzdem zu genießen.

Während ihr Ehemann auf Geschäftsreise in Hannover ist, tröstet sich Anne mit einem neuen Online-Versand.

Sie bestellt zwei Schotten, einen roten und einen grünen.

Sie will beide ausprobieren und den weniger geeigneten zurückschicken.

Moni hat dieses Daumenkino für ihren Ehemann Daniel gezeichnet – ein Wegweiser für ihre Stimmungslage.

Nachher wird sie ihn testen.

Monis Exfreund hat letzte Woche einen renommierten Buchpreis gewonnen.

Es ist Daniels letzte Chance.

1
2
3
4
5
6

Titel der englischen Originalausgabe:
» How it works: The Wife«

Textredaktion: Doris Engelke, Frankfurt am Main
Umschlaggestaltung: ZERO Werbeagentur, München
Einband-/Umschlagmotiv: © Ladybird Books Ltd, 2015
Die Zeichner: Martin Aitchison, Robert Ayton, John Berry,
Tim Clark, Roger Hall, John Kenney, B. Knight, Kenneth Inns
B.H. Robinson, G. Robinson, Harry Wingfield
Satz: Helmut Schaffer, Hofheim a. Ts.
Gesetzt aus der Myriad Pro
Druck und Einband: L.E.G.O. S.p.A

Printed in Italy
ISBN 978-3-431-03972-6

2 4 5 3 1

Sie finden uns im Internet unter: www.luebbe.de
Bitte beachten Sie auch: www.lesejury.de